ye

15057

L'AMOUR

DE LA PATRIE.

POËME.

L'AMOUR

DE LA PATRIE.

POEME

COURONNÉ PAR L'ACADÉMIE D'AMIENS, DANS SA
SÉANCE DU 27 AOUT 1821.

PAR P. C. DE BAUGY.

Patria, dulce nomen!

PARIS,

DE L'IMPRIMERIE DE A. BOBÉE, IMPRIMEUR DE LA SOCIÉTÉ ROYALE
ACADÉMIQUE DE PARIS, RUE DE LA TABLETTERIE, Nº 9.

1821.

L'AMOUR
DE LA PATRIE.

POËME.

O toi, qui de mon cœur seras toujours l'idole,
Toi, dont l'autel rejette un hommage frivole,
De ta mâle énergie anime mes accens,
Patrie! à tes bienfaits je consacre mes chants.
Tout ce que ton amour à tes enfans inspire,
En vers dignes de toi puissé-je le redire!
Pour sentir cet amour si pur, si généreux,
Il faut être à la fois et libre et vertueux;
L'esclave, qui d'un maître adore les caprices;
Le mortel, dont le cœur est flétri par les vices,
Sous un joug différent courbant leur front vaincu,
N'en connurent jamais le charme et la vertu.
Les seuls plaisirs des sens approchent de leur ame:
Rien de beau, rien de grand ne l'excite et l'enflamme.
Ils peuvent préférer à tout autre séjour,
La contrée où leurs yeux se sont ouverts au jour;

Mais le pays, la terre où l'on reçoit la vie,

Le sol n'est pas toujours ni partout, la patrie.

Sous un ciel enchanteur, dans ses riches climats,

Le superbe Ottoman esclave n'en a pas;

Et des monts couronnés de glaces et de neige,

D.s plaines sans moissons que l'océan assiége,

De stériles rochers, un étroit horizon,

Du Suisse et du Batave ont reçu ce doux nom.

Aussi dans ces marais et sur ces rocs sauvages

Gardés par leurs vertus, sauvés par leurs courages,

La liberté préside à leurs simples destins,

Leur fait aimer les champs défrichés par leurs mains.

Nassau, dans ces marais, triompha des Espagnes;

Et, d'un autre Guillaume, au pied de ces montagnes,

La flèche a renversé les tyrans Austriens;

Ils ont tous deux changé des serfs en citoyens.

Il n'est pas de patrie où l'homme n'est pas libre.

La liberté régnait à Sparte et sur le Tibre;

Athènes l'adorait, quand ces peuples fameux,

De leur belle patrie enfans respectueux,

Ne savaient qu'obéir à ses ordres suprêmes,

Triomphaient, à sa voix, des dangers et d'eux-mêmes,

Et vainqueurs, à ses pieds déposaient leurs lauriers.

Où court Léonidas avec trois cents guerriers?

A la mort. — Sur leur front rayonne l'allégresse;

Ils l'ont promis à Sparte, ils mourront pour la Grèce.

De leur sang répandu quel doit être le prix?
Le prix? Vois cette pierre où leurs noms sont écrits.
Despotes, les honneurs, l'or que vos mains prodiguent.
Lorsque contre un tyran d'autres tyrans se liguent,
Ont-ils jamais produit de pareils monumens?
D'une aveugle fureur dociles instrumens,
Vos soldats à leur poste, à leurs drapeaux fidèles,
Combattent, il est vrai, meurent pour vos querelles;
Semblables au coursier qui les porte aux combats,
Et dont un art adroit presse ou retient les pas.
Mais cette noble ardeur, ce sentiment sublime,
Qui fait le citoyen, le guerrier magnanime,
Qui s'immole à l'État sans en rien espérer,
La patrie à ses fils peut seule l'inspirer.
Son amour des vertus est la source féconde,
De sages, de héros, il a peuplé le monde.
L'antiquité lui dut le sceptre des beaux arts;
Tant qu'il a des Romains guidé les étendarts,
Rome fut invincible; et la Grèce abattue,
La Grèce encor vivante au tombeau descendue,
Dans ses plaines, jadis fertiles en lauriers,
N'aurait pas vu régner des despotes grossiers;
Aux lieux où fut Argos, Lacédémone, Athènes,
Où brillait Thémistocle, où tonna Démosthènes,
Le stupide Ottoman, couché sur des débris
Dont son orgueil ignore et la gloire et le prix,

N'eût jamais de ses lois dicté l'ignominie ;

Si les Grecs de leurs mains déchirant leur patrie,

De leurs nobles ayeux lâche postérité ,

N'avaient pas aux tyrans vendu leur liberté.

De leurs dissensions n'imitons pas l'exemple.

Que toujours dans nos cœurs, la patrie ait son temple.

Abjurons des partis la haine et les erreurs,

Sur son autel sacré déposons nos fureurs.

De l'étranger surtout repoussons l'influence ;

Fermons à ses soldats les portes de la France.

Tant qu'unis sous ses lois elle aura notre amour,

Il n'y tentera pas un imprudent retour.

Quel pays de ses fils mérita mieux le zèle ?

Est-il une patrie et plus noble et plus belle ?

Terre féconde en fruits, en savans , en héros,

Cent fleuves et deux mers la baignent de leurs flots ,

Enrichissent ses ports, fertilisent ses plaines.

Des utiles métaux son sein nourrit les veines ;

Le coursier, le taureau, bondissent dans ses prés ;

Des présens de Bacchus les côteaux colorés

Versent dans les celliers le nectar des vendanges ;

Du laboureur charmé Cérès remplit les granges,

Partout brillent la joie et la fertilité,

Partout règnent les arts, les lois, la liberté.

La liberté ? Sans doute inconstante ou surprise,

La France à des tyrans s'est quelquefois soumise ;

Mais de la liberté, le Français amoureux,

Impatient du joug, brisait des fers honteux.

Que dis-je? De nos rois l'heureuse politique

Aimait à protéger la liberté publique.

Absente de nos lois, elle était dans nos mœurs,

Du prince et des sujets elle échauffait les cœurs;

Elle inspirait à tous l'amour de la patrie.

Cet amour t'animait, lorsque ta voix chérie,

Philippe [1] , à tes soldats fit entendre ces mots :

« La France attend de vous la gloire et le repos.

» Si quelqu'autre guerrier, méritant vos suffrages,

» Est plus digne que moi de guider vos courages,

» Choisissez-le pour chef; je remets aujourd'hui

» Mon sceptre dans ses mains et je marche sous lui ».

Il dit; de mille cris la plaine au loin résonne;

L'armée ivre d'amour, le presse, l'environne,

Le nomme le plus digne, et l'oblige à garder

Ce sceptre qu'un grand cœur peut seul vouloir céder.

Elle était grande aussi cette vierge guerrière,

Qui pour sauver l'État déserta sa chaumière.

Princes et citoyens fuyaient glacés d'effroi;

Elle arrive et promet la victoire à son roi.

A sa voix, la valeur renaît aux plus timides.

Elle combat; l'Anglais, de ses yeux intrépides,

---

[1] Philippe-Auguste à Bouvines.

Tremblant, croit voir jaillir la foudre et les éclairs,
Et déjà ses vaisseaux se tournent vers les mers.
Ce que n'ont pu Dunois, La Trimouille et la Hire,
Une femme que Dieu, que la patrie inspire,
Délivre son pays, et, dans Reims étonné,
Couronne des Valois l'héritier détrôné.

Si nos aïeux flétris par d'indignes entraves,
Eussent chéri leurs fers en stupides esclaves,
La France n'eût jamais par ses succès divers,
Attiré les regards du moderne univers.
Des arts et des combats marchant jadis la reine,
Aurait-elle produit et Corneille et Turenne ?
Aurait-elle adoré ces princes citoyens,
Dont la main a du moins relâché ses liens,
Ce sage Louis douze et ce grand Henri quatre,
Qui sut si bien aimer, pardonner et combattre ?
L'Hôpital et Sully, Colbert et d'Aguesseau,
En rallumant des lois l'équitable flambeau,
En disputant leur siècle à l'antique ignorance,
Confondaient dans leur cœur le monarque et la France.
La France à leur génie éleva des autels,
Et, comme leurs travaux, leurs noms sont immortels.

Dans ces jours agités de délire et de gloire
Dont à jamais vivra l'éclatante mémoire,
Où la France envahie à vingt rois conjurés
Opposa de ses fils les bataillons sacrés,

Qui déroba son sein aux fureurs étrangères,
D'intrépides soldats hérissa ses frontières,
Et lui fit pardonner, à force de succès,
Sa tribune orageuse et de sanglans excès ?
Qui la rendit enfin, paisible et triomphante,
L'arbitre et la terreur de l'Europe tremblante ?
L'amour de la patrie ! En guerrier transformé,
Par lui le villageois, d'un saint zèle enflammé,
De l'airain, sans pâlir, affronta la tempête,
Et des jours de combats se fit des jours de fête ;
A la glèbe enchaînés, dans un obscur repos,
Les Français oubliaient qu'ils sont tous des héros :
Le doux nom de patrie a frappé leurs oreilles ;
Ils sont libres ; leurs bras enfantent des merveilles,
Et Turenne et Condé, de leur gloire envieux,
S'étonnent qu'on les puisse égaler sans ayeux.

Hélas ! de tant d'exploits, de vertus et de gloire
Il ne nous reste plus qu'une vaine mémoire !
Trahis par la fortune en leurs derniers combats,
Le fer a moissonné nos plus vaillans soldats ;
Les autres sous le chaume, abritant leurs blessures,
Du sort en citoyens supportent les injures.
Qu'avec orgueil la France en ces guerriers si grands,
Dans ces vainqueurs du monde embrassa ses enfans,
Lorsque de la patrie écoutant les alarmes,
Pour lui rendre la paix ils ont quitté les armes !

Que dis-je? trop long-temps éloignés de nos bords,
Ils ont uni leur joie à nos bruyans transports,
Alors que de retour sur cet heureux rivage,
Bourbon a de leur gloire accepté l'héritage.
Mais ce grand changement, qui combla tant de vœux,
Qui rouvrit la patrie à tant de malheureux,
Exila de nos champs, et bannit de nos villes,
D'autres infortunés, fugitifs, sans asiles,
Traînant dans la douleur des jours désespérés;
Des guerriers, des savans, un instant égarés,
Dont Louis qui voulait leur pardonner en père,
N'a signé qu'à regret la sentence sévère.
Ah! c'est surtout alors que l'on sent le pouvoir,
Les charmes du pays que l'on ne doit plus voir!
D'autres climats en vain nous offrent leurs retraites;
Rien n'allège le poids de nos peines secrètes.
En dorant l'horizon de ses vives couleurs,
Le soleil du banni voit au matin les pleurs;
Le soir, en se plongeant dans les flots qu'il colore,
Il entend ses soupirs, le voit gémir encore.
La nuit de l'exilé n'interrompt pas les maux :
Avant que le sommeil lui verse ses pavots,
Naguère sa famille à son cou suspendue,
Des vœux les plus touchants charmait son ame émue.
Il est seul aujourd'hui, sans amis, sans parens;
Une tombe étrangère attend ses cheveux blancs.

Dans sa couche suivi des chagrins de la veille,
S'il s'endort un instant, vingt fois il se réveille.
Puisse un songe, du ciel bienfaisant messager,
Dans un plus doux sommeil un moment le plonger!
Mes vœux sont exaucés : une trompeuse image
Semble avoir ramené la paix sur son visage ;
Aux foyers paternels il rêve son retour :
Il sourit, tend les bras; sur son cœur tour-à-tour
Il presse ses enfans, une épouse chérie,
Et salue en pleurant son toit et sa patrie.
Ne le réveillons pas; et que toutes les nuits
Ces tableaux mensongers suspendant ses ennuis,
D'un bonheur qui n'est plus lui retracent les charmes,
Et mêlent quelquefois le sourire à ses larmes.
Oui, d'un banni pleurer est le destin cruel;
Il ne peut le changer sans être criminel.
Que je plains le proscrit dont l'aveugle vengeance
De punir son pays concevrait l'espérance!
Qui, de Coriolan perfide imitateur,
Oserait, comme lui, du glaive destructeur
Menacer les remparts qu'il jura de défendre,
Et sourire aux douleurs de sa patrie en cendre.
Barbares, arrêtez! quelque soient envers vous
Son crime ou ses erreurs, respectez son courroux;
Ne le méritez pas en vous armant contr'elle.
  Thémistocle [1] aux proscrits offre un autre modèle.

----

[1] Thucid. lib. 1. cap. 138.

D'un prince généreux reconnaissant l'accueil,
Il peut d'Athène ingrate humilier l'orgueil.

Mais pour dompter la Grèce, incendier ses villes,
Osera-t-il franchir ces mêmes Thermopyles,
Où de Léonidas les mânes glorieux
Peuvent pour les défendre apparaître à ses yeux?
Que dirait Salamine en le voyant parjure
Flétrir tous ses lauriers pour venger son injure?
Cette seule pensée éclaire sa raison.
Il frémit, et d'un roi redoutant le soupçon,
Ne pouvant le trahir, ne voulant pas le suivre,
De l'hospitalité le poison le délivre.

J'aime encor ces Troyens qui fuyant sur les mers,
Du Grec victorieux la vengeance et les fers,
Emportent sur leurs nefs les souvenirs de Troie,
Dont la douceur se mêle à leurs pleurs, à leur joie.
Ont-ils enfin trouvé, tristes jouets des flots,
Sur un sol étranger la paix et le repos?
Le cœur toujours rempli de la patrie absente,
Ils veulent la revoir dans leur ville naissante :
Du Xanthe ce ruisseau reçoit l'antique nom;
Ces remparts sont Pergame, et ces tours Ilion.

Français, dont le vaisseau, battu par les orages,
S'est, avec vous, brisé sur de lointains rivages,
Pour charmer vos ennuis, adoucir vos regrets,
De la patrie aussi prêtez les doux attraits

Aux bords hospitaliers où l'exil vous enchaîne.

Que ce fleuve à vos yeux soit le Rhône ou la Seine ;

Donnez à ces côteaux, aux vallons d'alentour,

Le nom des lieux chéris où vous vîtes le jour ;

Ou plutôt, de l'exil abandonnant les rives,

Dirigez vers nos ports vos poupes fugitives.

Un roi, longtemps banni, vous permet de revoir

Ces champs où son retour a rempli notre espoir ;

Où, de nos libertés restaurateur auguste,

Il sait être puissant, sans cesser d'être juste.

Revenez assister à ces grands mouvemens,

Qui, pour la rajeunir, jusqu'en ses fondemens

De l'Europe vieillie ébranlent l'édifice.

Imposant à leur trône un noble sacrifice,

Ses rois de leurs sujets ont entendu la voix,

Et des peuples eux-même ont proclamé les droits.

La liberté française en lumières féconde,

Entreprend par les lois la conquête du monde ;

Semblable à ces fanaux allumés sur nos bords

Pour diriger la nuit nos vaisseaux vers nos ports,

Dont les feux prolongés sur la surface humide,

Au pilote étranger servent aussi de guide.

Déjà l'Espagne est libre, et du Tage indompté

Aux champs américains vole la liberté.

De vingt siècles d'oubli secouant la poussière,

La Grèce du tombeau s'élance tout entière,

Reprend avec son nom ses antiques vertus,
Parle, agit et combat comme au temps des Codrus.
A ce sublime élan, à cette noble audace,
Que l'Ottoman déjà de ses fureurs menace,
O France! pourrais-tu refuser ton appui?
Ces Grecs, si différens d'eux-mêmes aujourd'hui,
De tes sauvages mœurs ont poli la rudesse;
Tu dois tes arts, tes lois, ta splendeur à la Grèce :
Reporte-lui les arts, la liberté, les lois.
A l'Arabe insolent qui lui ravit ses droits,
Oppose de ton nom la vieille renommée;
Qu'il renonce à sa proie, ou d'un saint zèle armée,
Avec tous les chrétiens, aux bords de l'Hellespont,
De l'Europe insultée ose venger l'affront.

Des peuples opprimés embrasser la défense,
D'un injuste pouvoir garantir l'innocence,
Des lumières, des lois étendre les bienfaits,
Entretenir partout la concorde et la paix,
Voilà, voilà les soins que te prescrit ta gloire.
Par là de tes revers effaçant la mémoire,
Tu peux, sans exposer les jours de tes guerriers,
Sans que des flots de sang arrosent tes lauriers,
Par des succès exempts de larmes et de haine,
Des nations encor redevenir la reine.